SÉANCE DE L'ACADÉMIE FRANÇAISE DU 18 FÉVRIER 1909

RÉPONSE

DE

M. MAURICE BARRÈS

DIRECTEUR DE L'ACADÉMIE

AU DISCOURS DE RÉCEPTION

DE

M. JEAN RICHEPIN

PARIS

Société d'Édition et de Publications

Librairie Félix JUVEN

13, rue de l'Odéon, 13

SÉANCE

DE

L'ACADÉMIE FRANÇAISE

DU 18 FÉVRIER 1909

SÉANCE DE L'ACADÉMIE FRANÇAISE DU 18 FÉVRIER 1909

RÉPONSE

DE

M. MAURICE BARRÈS

DIRECTEUR DE L'ACADÉMIE

AU DISCOURS DE RÉCEPTION

DE

M. JEAN RICHEPIN

PARIS

Société d'Édition et de Publications

Librairie Félix JUVEN

13, rue de l'Odéon, 13

Monsieur,

Il y a une trentaine d'années, quand
je sortais du collège, si quelque bohé-
mienne, si Miarka, la fille à l'ourse, sur
la foire de Nancy, m'avait prédit qu'un
jour, dans une circonstance exception-
nelle et dans une compagnie singulière,
je vous entendrais émettre vos théories
littéraires, j'aurais été bien intrigué.
Contempler le fameux Richepin dans

1

une compagnie singulière! Où me donne-t-elle rendez-vous? Quel pourra bien être, me serais-je demandé, le lieu de cette rencontre fatidique? Une clairière à la brune, le quai d'un grand port méditerranéen où bourdonnent des débardeurs, la Cour des Miracles, voire sous un pont de la Seine?... J'aurais passé en revue, avec une joyeuse animation, toutes les sociétés où nous promènent les romanciers picaresques et dont vous nous avez appris les chansons. Je n'aurais jamais deviné qu'il s'agissait de l'Académie française.

Qui vous eût pris dans ces années extraordinaires pour un futur académicien? Pouvait-on croire qu'il s'accommoderait jamais d'un fauteuil, celui qui déjà possédait un trône? Vous veniez, en effet, de sortir de l'École normale pour faire valoir vos droits à la couronne des Gueux, et si vos admirateurs ne se mettaient pas d'accord à votre sujet, les uns disant que vous aviez une tête de roi hindou et les autres de roi mage, tous du moins reconnaissaient votre qualité royale, tous s'inclinaient quand vous leur jetiez en guise de proclamation votre célèbre ballade :

> Le poète est le roi des gueux,

et le murmure de leur louange faisait écho à travers les siècles aux truands du vieil Hugo :

> Vive Clopin, roi de Thune !
> Vivent les gueux de Paris !

Tout n'est pas chanson, Monsieur, dans ce monde de votre premier choix,

dans ce royaume de la Bohème, où
vous plantiez en 1876 votre jeune éten-
dard. Il y a toujours eu une extrême
difficulté, pour les adolescents enivrés
de pensée pure, à s'adapter aux condi-
tions régulières d'une existence qui,
fatalement, déçoit leurs premiers rêves.
Depuis la rue du Fouarre, où Dante
venait s'asseoir sur des bottes de paille,
jusqu'à ce quartier de la Glacière, où
campent aujourd'hui des jeunes Slaves
ivres d'intellectualisme, elle est éternelle l'histoire des jeunes clercs malheureux pour avoir rejeté le prosaïque
de la vie. Voici la potence où Villon
faillit être pendu, la lanterne où s'ac-
crocha Gérard de Nerval, une nuit
d'abominable détresse, le marchand de
vins où Verlaine se détruisait, et voici,
pour tout dire, les préaux du Luxem-

bourg où, dans la semaine de mai 1871, les réfractaires de Vallès attendaient leur destin.

C'est à vous, Monsieur, qu'est échu, dans votre génération, le redoutable honneur de donner une voix à ces malchanceux. Je les ai encore vues, vos vieilles bandes, dix années après que vous leur aviez lancé votre *Chanson des gueux*. Je suis arrivé à Paris pour assistèr, un matin de février 1885, à l'enterrement de Vallès; j'ai entendu les derniers refrains des chansons romantiques; j'allais avec les compagnons de mon âge porter l'or et l'encens à tous les poètes maudits. Aujourd'hui encore, je suis bien loin d'avoir échappé à la prise de Baudelaire. Vous voyez, Monsieur, que je puis me représenter les influences sous lesquelles vous avez formé votre génie.

Avec vos amis, vous vous promeniez dans le Quartier Latin en chantant les vers bizarres et charmants de ce pauvre Petrus Borel, qui, dit-on, se laissa mourir de faim à Mostaganem, ses vers à Jules Vabre, architecte :

> De bonne foi, Jules Vabre,
> Compagnon miraculeux,
> Aux regards méticuleux,
> Des bourgeois à menton glabre,
> Devons-nous sembler follets
> Dans ce monde où tout se range !
> Devons-nous sembler étranges
> Nous, faisant ce qui nous plaît !

Vous alliez en pèlerinage au fameux café Tabourey, à l'angle des rues Racine et Vaugirard reconnaître le coin où se tenait d'habitude Charles Baudelaire. Ce grand poète, que Paul Bourget se préparait à définir dans ses fameux *Essais de Psychologie*, éblouissait les jeunes écrivains. Il a mêlé au plus beau sens du mystère un goût de la mystification que je crois distinguer (vous m'arrêterez, si je me trompe) dans certains défis d'un pittoresque extrême que se plaisent à nous jeter votre *Chanson des gueux* et surtout vos *Blasphèmes*. Et n'est-ce pas encore l'esthétique de Baudelaire et d'Edgar Poë que l'on trouve, sous une marque d'une netteté latine, dans ces *Morts bizarres*, où votre habileté de conteur nous traverse de tous les frissons?

Je ne crois pas que la tradition murgérienne ait agi le moins du monde sur votre esprit. Murger se rattache à Musset, dont les poètes de 1876 ne faisaient aucun cas, mais son influence était

encore vivante chez les étudiants : elle
les disposait à vous comprendre, et elle
a contribué à ces grandes ovations qui
vous étaient faites quand vous entriez à
Bullier.

De tous ceux qui, de près ou de loin,
ont façonné votre caractère et vous ont
préparé des disciples, aucun n'est com-
parable à Vallès. Vallès! ce lettré mal-
gré lui, ce paysan dépaysé, qui toute sa
vie se révolta contre son milieu, contre
son métier et contre sa culture, auxquels il n'était pas adapté! La vie de
ce révolutionnaire n'est pas le développement d'une pensée; elle n'est rien
que la série des réactions d'un puissant
animal, gêné, irrité par son bagage
livresque. En étudiant nos guerres
civiles, je vois que nos plus farouches
meneurs sont bien souvent des collé-

giens continués. Vallès a composé en vers latins au grand concours; cela se sent à une qualité de langue qui, même dans la brutalité et dans l'argot, rappelle l'épithète heureuse, la belle expression, la recherche du nombre, et s'il veut mettre le feu au Louvre, c'est pour se venger du professeur. Quel témoignage sur les inconvénients de nos efforts pour amener toute la nation à la conscience et pour l'intellectualiser! Mais je ne veux retenir ici, Monsieur, que la grande influence que l'auteur de Jacques Vingtras a eue sur vous, jeune normalien avide de liberté. Il a été votre fascination, parce qu'il est le lettré réfractaire.

Vallès, Murger, Baudelaire, Petrus Borel et les romantiques de l'impasse du Doyenné, voilà les éléments de cette Bohème assez composite où vous avez régné. Et qu'est-ce que tout cela, Monsieur? Autant de noms éphémères d'une chose éternelle. Ce sont les protagonistes d'un drame, toujours le même, que notre glorieux confrère Jean de La Fontaine présente en perfection dans sa fable du Loup et du Chien. Le Loup, c'est le type du réfractaire. Le pauvre diable pleurait de tendresse à l'idée des os de poulet, mais il aperçoit le cou pelé du dogue. Qu'est-cela?

> Attaché? vous ne courez donc pas
> Où vous voulez?
> Cela dit, maître Loup s'enfuit et court encor.

Il court dans toutes les pages de vos livres. Après avoir fait le gueux et l'amant dans la *Chanson* et dans les *Caresses*, maître Loup nous a donné, dans une suite de poèmes magnifiquement travaillés, sa morale, sa métaphysique, sa politique et sa cosmogonie, qui sont, comme il convient à un animal de cette espèce, extrêmement blasphématoires. Puis il entre au théâtre, vêtu en truand ou bien en chemineau, pour y exprimer, avec des images dignes de la poésie populaire, son mépris violent des conventions sociales.

C'est un beau programme, Monsieur, quand nous passons notre vie à servir l'idéal de notre première jeunesse. Je vous félicite, mais je veux vous soumettre une objection. Poète, grand poète, et bon juge des rhythmes, êtes-vous sûr de vous connaître en loups?

Un dicton vosgien, que je ne citerai pas en patois, par respect pour la mémoire de Richelieu, déclare avec admiration que « le loup se nourrit de la viande qu'il tue ». La bête dont il s'agit là, c'est celle que l'on trouve aux forêts profondes, dans le pays d'André Theuriet. Avouez qu'elle n'a rien à voir avec vos loupeurs et autres fainéants. La plupart des Bohèmes que vous chantez déshonorent le loup en se réclamant de lui. Ce sont de pauvres loups maigres, qui se laissent mourir de faim ou qui deviennent enragés. Ceux qui gisent sur le bord du fossé, vous avez raison de les plaindre, mais nous les proposer en modèles, Monsieur, vous n'y pensez pas! Vous pensez encore moins, je le sais, à vous solidariser avec les furieux. Vous avez débuté dans la littérature par une brochure sur Vallès, où vous rejetiez sa conception du réfractaire, parce qu'elle enveloppe une idée de destruction. C'était en 1872, et la Commune avait plutôt diminué la valeur de ces lettrés en révolte. Ses premières ruines épouvantaient tout le monde, et il y eut alors dans ce qu'on pourrait appeler l'évolution de la Bohème une régression. Les jeunes hommes de lettres reculèrent sur leurs aînés immédiats; ils se détachèrent de la politique et même de l'utopie sociale. Votre œuvre l'atteste. Vous n'avez jamais allumé d'incendie que dans votre imagination, et vous ne souhaitez rien de plus que les feux de l'aurore et les embrasements d'un beau coucher du soleil.

Le Père Porée, de la Compagnie de Jésus, qui fut un excellent éducateur (il enseigna les belles-lettres à Voltaire), ne manquait jamais de donner en de-

voir, à ses jeunes élèves, un éloge de
Bacchus. Cet enthousiasme pour le jus
de la vigne, que prêchait le digne ecclé-
siastique, n'avait pas pour but d'agré-
ger les petits élèves du collège Louis-le-
Grand au cortège des Bacchantes, mais
simplement de leur donner le goût de
l'épithète heureuse et le sens du nombre.
La Bohème, Monsieur, fut pour vous
l'ode à Bacchus du Père Porée.

Au résumé, votre aventure est facile
à comprendre. Vous êtes un grand hu-
maniste. Nul mieux que vous ne con-
venait pour entonner cette louange des
mots français, que nous venons d'écou-
ter avec tant de plaisir. Vous les avez
étudiés dans leurs racines; on le saurait
à lire vos proses romaines, alors même
qu'on n'aurait pas entendu M. Boissier
dire de vous, comme il avait coutume :

« Il sait du latin; j'ai été son maître »
Eh bien ! je vous vois à votre sortie de
l'École normale. Vous réagissez, vous
étouffez, vous voulez respirer, ou-
blier le monde des livres. Vous êtes la
jeunesse qui succombe sous les im-
menses richesses dont l'accablent des
maîtres imprudents, cependant que
ses propres désirs la soulèvent et l'en-
traînent. Vous lancez cette sorte de défi
que la jeunesse et le génie aiment jeter
à toutes les disciplines humaines. Cer-
tes, vous écrirez, mais pas au fond
d'une cellule. C'est au bord de la mer
et au milieu des hommes que vous irez
chercher vos motifs. Pour mieux laisser
jouer tous les ressorts de votre âme,
vous retournez à l'instinct primitif. La
Bohème, cette gent confuse qui vit en
dehors des cadres, des conventions et

même des lois, et dont les mœurs
offrent des aspects bizarres, vous
semble une matière à souhait pour
votre génie. Vous y aimez l'aventure
perpétuelle, toutes les ivresses de l'indépendance. Vos Gueux sont parents
des Exilés de Théodore de Banville.
Je crois qu'il ne serait pas malaisé de
vous faire dire avec les grands idéa-
listes : « Pourvu que j'ai mon cœur
libre, que m'importent les biens du
siècle! Je méprise vos arts serviles, vos
industries, tous les trésors accumulés
dans vos murailles... » De là ce sym-
bole, où vous revenez toujours, du chemineau et du nomade. Il vous sert à
mépriser le bien-être vulgaire, à mettre
au-dessus de tout la liberté, le lyrisme,
la contemplation de la nature.

Le thème bohémien vous a tellement

plu que vous avez voulu le vivre. Vous avez rêvé que votre vie entière fût une chanson à boire, un épithalame, une adjuration aux dieux et aux diables, une strophe ailée et telle qu'on la nommât une vie de poète, alors même que vous n'auriez pas écrit un seul vers. Le jour où des magistrats ont cru opportun de vous condamner à quelques jours de prison, je suis sûr que vous avez pensé à vos chers Romanichels pour qui l'aventure est commune, et que vous, le grand artiste, vous avez été flatté d'être comme ces nomades la victime des préjugés des races sédentaires.

Vous êtes allé jusqu'à vous persuader que tout ce bohémianisme était dans votre sang et que si vous étiez obligé de faire une figure un peu bourgeoise et même académique, du moins, dans le passé et né cent ans plus tôt, vous auriez couru le monde en roulotte. A vous en croire, vous descendriez d'un couple de Touraniens qui s'arrêtèrent, il y a deux siècles, en Thiérache, et quand vous voyez une caravane de têtes bistrées et crépues qui mènent un ours à la foire, vous baissez le front avec la mélancolie d'un noble déchu.

Quel crédit les historiens doivent-ils accorder à votre touranisme? Il nous rend compte de votre nature. Il exprime d'une façon saisissante un côté lumineux, bariolé et sonore de votre génie, mais a-t-il une vérité objective?

Vous ne seriez pas le premier à avoir senti l'utilité d'une biographie imaginaire. Les grands hommes de l'antiquité classique s'attribuaient des origines divines, et, plus près de nous, les écrivains romantiques ont mis des fables sur leurs berceaux. Nous avons vu le grand Victor Hugo affirmer sans preuves décisives sa filiation avec les Burgraves du Rhin, et vous avez entendu parler de ce fameux ethnologue, de la plus belle imagination, qui, se promenant un jour en Scandinavie, fut, aux environs de la ville, où il représentait la France, averti par un battement de son cœur qu'il foulait le sol où dix siècles auparavant se dressait le burg du chef de sa famille. Les poètes ont leur méthode qui peut éloigner quelques esprits prosaïques, mais qui attirera toujours un cercle, où je demande, Monsieur, à retenir ma place.

Aujourd'hui le problème de vos origines touraniennes est décidément ré-

solu. Un jeune critique, le plus auto-
risé, s'est levé d'auprès de vous pour
nous dire : « Mon père, un Touranien!
Allons donc, il est de Picardie! »

Vous êtes le fils d'un officier. C'est
au hasard de la vie de garnison que
vous avez dû de naître en Algérie.
Toute votre parenté paternelle et ma-
ternelle vivait sur la terre de Thiérache.
Un de vos oncles ensemençait ses
champs lui-même, disant que lui seul
savait ce que chaque sillon pouvait
rendre. Un autre, fermier des terres de
l'abbaye de Reims comptait dans ses
étables deux cents bœufs et six cents
moutons. Vous êtes bien un homme du
terroir français. Quand vous disiez
descendre des Romanichels établis en
Thiérache, vous présentiez à votre manière ce que la critique s'accorde à

reconnaître, qu'il y a du bohémianisme dans votre cœur. Votre touranisme est un mythe. Aujourd'hui nous préférons le rationnel et le positif, mais le mythe demeure l'art exquis de persuader en jouant de la lyre et de donner à des abstractions tout l'attrait d'une fable et d'une musique.

La postérité recueillera, à côté de vos écrits et comme un témoignage illustre de votre génie, cette légende touranienne. Elle se plaira à dire qu'un jour, un jeune paysan de Thiérache a vu passer la roulotte et qu'il y est monté. Qu'avez-vous vu, Monsieur, dans l'ombre de la voiture? Les beaux yeux d'une fille tzigane, ou bien n'étiez-vous sensible qu'au déroulement d'un paysage chaque matin renouvelé? Nous n'avons encore de vous que des demi-

confidences. Nous savons que vous
avez vécu dans la forêt de Fontaine-
bleau avec une bande de Romanichels,
qui offraient cette complication at-
trayante d'être eux-mêmes des Ragni,
des proscrits. Est-ce en leur compagnie
que vous avez composé vos admirables
« Chansons de Miarka ? » Nous n'in-
sistons pas, nous respectons ce joli sentiment de pudeur de quelqu'un qui
veut taire ses aventures de famille,
mais j'imagine que vous avez vu se
dérouler sous vos yeux les mêmes
spectacles qui ont enchanté dans son
enfance l'imagination d'un grand artiste,
d'un compatriote d'André Theuriet. Je
veux parler de Callot.

Qui ne connaît cette suite fameuse
des Bohémiens qu'il a gravés avec une
si charmante pureté de dessin et une si

plaisante vivacité d'esprit. A l'âge de douze ans, il s'était enfui de sa famille et de Nancy, pour courir en Italie où il voulait apprendre le bel art. Le bissac au dos, le malheureux petit, sans argent, se hâtait sur les routes de Bourgogne, vers le Mont-Cenis, quand il tomba sur une troupe de Bohémiens qui se rendaient à Florence. Vous vous les rappelez. Les voici cheminant à la queue-leu-leu, dans un burlesque équipage de guerre, une trentaine d'individus, hommes, femmes, enfants, plus sept chevaux, un ânon et une charrette. Une princesse en guenilles, parée d'un collier de baies rouges et de monnaies turques, les cheveux sur le dos et l'air mélancolique, chevauche comme leur reine.

Ces pauvres gueux pleins de bonadventures
Ne portent rien que des choses futures.

C'est ainsi que le jeune Callot, sur les chariots de la fantaisie, s'en va vers le soleil d'Italie. Il couche sur la terre dure, à la belle étoile, mais c'est l'étoile de son génie. Charmante ingénuité d'un artiste! Il marche à la conquête du monde avec ces pèlerins équivoques, aux côtés de la jeune sorcière égyptienne, d'un pas alerte, d'une âme allègre, comme un jeune Tobie près de l'Ange, et n'y gâte pas son cœur. Ils feront mieux, ces vagabonds, que de mener le fugitif en Italie, ils l'orientent vers sa gloire. Il ne les oubliera plus. Ce sont eux que l'on retrouve sous la souquenille de ses mendiants et la cape de ses mousquetaires, dans les tirelaine de ses foires et les diables de sa

Tentation. Il ne nous donne pas seulement leur silhouette, il nous révèle à merveille la passion qui les mène. Comme le grand Cervantes, il a entendu un de leurs vieillards s'écrier : « Nous sommes rois des champs et des prairies, des forêts et des montagnes, des sources et des fleuves. » Il a vu l'énigme bizarre de leurs filles qui semblent, des pieds à la tête, une audacieuse promesse de plaisir et dont les regards brûlants cachent, paraît-il, le plus froid mépris pour notre sang étranger. L'indépendance, une volonté farouche de nous fuir et de vivre dans la nature, voilà, dit-on, le secret des hommes et des femmes de cette race et de leurs frères en esprit. En vain toutes nos forces cherchent-elles à les séduire, à les opprimer, à dételer leur caravane. Jamais ils n'échangeront contre toutes nos sécurités leur misérable vie incertaine.

Écoutez plutôt la musique de leurs frères, demeurés là-bas dans les plaines du Danube. C'est le chant de l'ivresse, la révolte de l'âme contre toute retenue, c'est le bouillonnement des désirs d'une race à qui rien n'importe que de garder une liberté de cheval sauvage. Les musiciens tziganes célèbrent la danse, la femme, l'orgie et la guerre, en y mêlant de longs traits de douleur. Cette musique du désespoir, quand elle jette dans les airs toute la folie d'une âme remuée, elle convoque tous ceux qui veulent s'évader de la vie sociale et d'eux-mêmes. Autour de ces mélodies déchirantes et de ce brasier d'où jaillissent des étincelles dans la nuit, qui de nous, un soir, n'est allé chercher un alibi? Ces traits directs comme des sanglots, ces arabesques, ces phrases qui s'élancent avec une force divine nous emportaient dans la société des figures idéales du monde romanesque. Mais l'âme se détruit dans de telles magies. Ces formes flottantes et insaisissables nous degoûteraient de la vie. Nul ne pourrait éternellement se contenter d'une poésie confuse et toujours extrême, appropriée à des instincts contre lesquels notre raison proteste. Nous avons tous au fond de nos cœurs l'instinct secret, la peur, le sentiment qu'une malédiction pèse sur ces vagabonds. Ils nous font peur autant qu'ils nous attirent. Ce sont des frères du Juif Errant, de cet homme sans abri, sans famille, sans société qui représente pour l'humanité moyenne la souffrance par excellence.

Ni vous, ni Callot, Monsieur, vous n'êtes demeurés indéfiniment dans le cercle des bohémiens.

Des marchands de Nancy rencontrent le jeune Callot, le prennent par la main et le ramènent à sa famille. Et vous-même, Monsieur, avec l'âge, comme c'est la coutume, vous avez laissé derrière vous le point de vue de votre jeunesse. La première fougue passée, vous avez commencé de comprendre l'incurable monotonie d'une perpétuelle invitation au voyage, vous vous êtes lassé de poursuivre des bonheurs impossibles toujours assis sur les nuages de l'horizon. Vous avez très bien saisi le moment de sauter hors de la roulotte. Un beau jour, au hasard des routes, elle repassait par le village où elle vous avait enlevé, et votre cœur vous a dit : « C'est ici que je bâtirai ma maison, que j'accrocherai à des murs solides les tapis d'Orient, les brillantes pacotilles, le butin de ma vie errante. C'est ici que je mettrai fin à l'éternelle banalité de cette tente roulée et déroulée chaque jour. C'est ici que je trouverai de la pierre. »

Et maintenant, voilà que, sans rompre tout à fait avec vos premières inspirations, vous êtes solidement installé dans la province française. Vous adoptez pour domicile, à la fois votre Thiérache natale et le rivage de Bretagne, et l'on vous voit, de livre en livre, incliné par une plus sûre sympathie vers ces existences fixées et pour ainsi dire immobiles, dont votre prédécesseur fut le peintre officiel. On nous avait conté, bien des fois, l'attachement de nos cultivateurs à la terre qui les nourrit; il vous appartenait de mettre à la scène, dans votre belle comédie du *Flibustier*, l'amour de nos populations maritimes pour l'Océan, pour la vaste plaine stérile qu'elles labourent de père en fils. Comme André Theuriet, aujourd'hui, à votre manière, vous nous faites comprendre la poésie de ce qui dure.

Sur ce long chemin qui, du Paris cosmopolite ou des régions du rêve, ramène à la province, ni l'un ni l'autre, vous n'êtes des isolés. Vous y marchez en belle et nombreuse compagnie. Est-il besoin de vous rappeler que tout au long du dix-neuvième siècle, nous avons vu de puissants esprits glisser dans l'absurde autant qu'ils s'éloignaient des milieux de leur formation et se ré-générer dans la mesure où ils repre-naient le contact avec les réalités de leur berceau? Vous vous souvenez qu'une George Sand, après avoir été une jeune force destructive de soi-même et des autres, devint la noble puissance d'apaisement que connurent tous les pèlerins de Nohant, lorsqu'elle eut re-trouvé dans son Berri la nature propice à son génie. Oserai-je vous dire qu'à mon avis, M. Taine fait sa meilleure besogne quand il travaille à la manière de son père, le notaire de Vouziers, et qu'il défend la conception de la vie propre aux gens de sa classe, mais qu'il m'inquiète chaque fois que, faisant le développement normalien, il s'excite à célébrer l'Hellénisme, les voluptés et

les sauvageries de la Renaissance ita-
lienne ou la vie débridée d'un Byron.
Et Renan? Pourquoi cet historien de
qui les passions, quoi qu'on en dise,
laissent voir un âpre sentiment de re-
vanche, garde-t-il dans ses grandes
pages tant de charme religieux et un
goût si vrai du divin? C'est qu'il a,
presque toujours, laissé ouverte en lui
la source vive du celtisme ou, pour
parler avec plus de précision, les souvenirs enchanteurs de sa petite enfance.

On pourrait multiplier les exemples
de ces talents et de ces âmes, que les
idées abstraites dispersaient et stérili-
saient, et qui trouvèrent leur guérison
dans nos profondes réserves terriennes.
Notre raison commence à connaître
cette source de santé que tant d'artistes

du dix-neuvième siècle avaient décou-
verte avec leur instinct. Aujourd'hui le
retour à la province est de mode. Mais
voilà justement ce qui m'inquiète. Je
crains que l'on ne fasse bientôt du ré-
gionalisme, comme nos pères faisaient
leur temps de mélancolie romantique.
Me sera-t-il permis de jeter un cri
d'alarme? Prenons garde qu'un entraî-
nement un peu frivole ne fasse dévier
un mouvement qui pourrait être une
renaissance. Souvenons-nous de de-
mander son vrai fruit à une méthode
qui, en même temps qu'elle nous pro-
pose de réelles beautés, peut assurer
notre équilibre moral.

Il y a tant de façons d'entendre ce
retour à la province ! Certains se
pâment devant la nature ; d'autres s'at-
tendrissent sur des meubles rustiques ;

d'autres répètent avec complaisance des mots patois; d'autres enfin se donnent pour mission de maintenir nos variétés culinaires : quiches et potées lorraines, brandades provençales, ballotines de Périgueux, cassoulet de Toulouse et de Carcassonne, j'en passe et des meilleures. Tout cela n'est pas essentiellement la province. Ces amateurs pourraient être heureux sans quitter Paris. On cueille des muguets au mois de mai sous les taillis du bois de Boulogne; les restaurants régionalistes se multiplient dans la capitale. Je soupçonne qu'on trouverait à Paris les plus belles armoires normandes, et pour examiner un curieux musée d'ethnologie comparée il n'est que d'assister aux séances du Parlement. Quant à l'accent, il résonne dans toutes les rues de la capitale et même parfois, je m'en excuse, sous la coupole de l'Institut. Mais c'est peu d'amuser nos yeux avec des poteries, des meubles, des costumes, et de frapper nos oreilles avec des mots de terroir plus ou moins bizarres. Si nous admettons ces singularités dans la haute littérature, c'est sous la condition qu'elles s'y présentent avec un sens plein, qu'elles soient intelligibles, je veux dire qu'elles offrent une matière à la pensée. Pour l'indigène, elles ne sont pas des curiosités, mais comme autant de témoins et de portraits de famille. Gardons-leur cette dignité. En faire de simples curiosités pittoresques, c'est les dépouiller de la puissance d'émotion, de toute la vertu qu'elles contiennent. La province n'est pas un bibelot. La province, chaque province de France, c'est une façon spéciale de sentir, c'est un lien avec le passé, un principe de solidité morale.

Je ne m'en suis jamais mieux aperçu qu'il y a quelques semaines, en traversant une des nombreuses régions de l'Est où, désormais, le nom d'André Theuriet est inscrit... Je crains que je ne paraisse évoquer un peu trop souvent les paysages lorrains, mais vous venez de m'y inviter et votre prédécesseur m'y oblige. Laissons le Barrois; à la place même que j'occupe, un de nos confrères, à la fois critique et romancier, a défini d'une façon parfaite les rapports de Theuriet avec le pays de Bar-le-Duc; je n'y reviendrai pas, mais je veux parler du Bassigny, ce vieux pays gallo-romain, disputé entre la Lorraine et la Champagne... Je suivais la vallée supérieure de la Meuse. Je n'essaierai pas de vous la montrer sous les nuances de l'extrême automne. Pourquoi refaire ce qu'André Theuriet a réussi avec tant de bonheur, un si grand nombre de fois ? D'ailleurs, j'étais plus sensible aux couleurs historiques et morales du paysage, dont les puissances me pressaient de toutes parts.

Il ne manque pas, en France, de territoires plus pittoresques, mais en est-il où la qualité des hommes soit meilleure ? Ce pays de marche a toujours produit une race de gens énergiques, et dans sa mémoire le souvenir des guerres se superpose, comme dans ses profondes forêts les litières de feuilles. Les bandes du camp de la Délivrance, qui accomplirent, en 1870, le coup hardi du pont de Fontenoy, gîtaient au pied de la montagne de La Motte et sous les branches du Chêne des Partisans, vénéré pour avoir abrité les Lorrains patriotes de la première moitié du dix-septième siècle. La vigoureuse forêt fait disparaître la trace des feux des partisans de 1870, comme elle a recouvert les vestiges de 1634 et de 1645. Mais l'on retrouve toujours dans la population du Bassigny, le même caractère individualiste et armé, qui se témoigne aux époques paisibles par un surprenant souci de se réserver, de ne pas se confondre, de ne pas se laisser étonner.

Cette âme éternelle, à vrai dire l'âme lorraine, n'est nulle part mieux sensible que depuis la petite ville de Bourmont, ancienne forteresse, fièrement perchée sur une haute colline. Elle est le cœur de ce pays. Sa supériorité morale touche profondément ceux qui connaissent l'histoire héroïque de Lorraine. Elle est peuplée des descendants des glorieux vaincus de La Motte, le suprême boulevard de l'indépendance, et dont la résistance demeure un des plus beaux chants de notre épopée nationale. Quand Louis XIV, au mépris de la parole donnée, eut fait raser la citadelle, il en dispersa toute la population entre les villes et les villages voisins. Les chanoines, la noblesse et les gens de justice furent transportés à Bourmont. Ils y maintinrent longtemps une qualité aristocratique, aujourd'hui encore saisissable. Leurs hôtels sont intacts, on montre toujours avec respect la demeure du chanoine Héraudel qui tua d'un coup d'arquebuse le gé-

néral ennemi. Ce digne prêtre n'avait
pour rival que frère Eustache de Choi-
seul, qui roulait des quartiers de roc
sur les bataillons assiégeants.

Si l'on gravit la grand'rue de Bourmont, abrupte comme un torrent, on
arrive, tout au sommet de la ville, sur
un calvaire qui domine une magnifique
étendue de terres accidentées; c'est un
de ces hauts lieux où le voyageur, que
l'amour et la connaissance du pays ont
préparé, s'attarde indéfiniment, re-
tenu par la foule des pensées qui
accourent à lui de tous les points de
l'horizon. Peut-être faut-il avoir la fer-
veur lorraine pour recevoir tant d'émotion de la présence des villages de
Graffigny et de Goncourt, de la vieille
forteresse féodale de Clefmont, du
manoir des Crève-cœur, de la côte, là-

bas, près de Bulgnéville, où mourut Barbazan, le compagnon de Jeanne d'Arc. Mais nul, j'imagine, ne peut rester indifférent au voisinage de Domremy couronné par son Bois-Chenu, des ruines d'Aigremont, d'où notre légende fait sortir les quatre fils Aymon, et de La Motte enfin, notre montagne martyre.

Tous ces sommets d'une glorieuse vie locale, héroïque, rêveuse et passionnée, exposent dans les airs les plus hauts états de la pensée lorraine. Il règne sur nos vallées des influences séculaires. Ruinées plus qu'à demi, elles président encore à nos destinées. Sur le calvaire de Bourmont, je crois avoir reçu du paysage une juste définition de la province : elle est une série d'autels aux divinités indigènes.

Theuriet est venu à Bourmont. Il le

raconte dans un des chapitres les plus charmants de ses *Souvenirs*. Il y rejoignait son collègue et ami M. Fistié, contrôleur de l'enregistrement, le Tristan de ce petit livre, *Sous Bois*, qui pourrait bien être son chef-d'œuvre. Tous deux menèrent, nous confesse le romancier, une vie de bohémien. Voilà, Monsieur, qui vous fera plaisir. Dès l'aube, ils se perdaient dans les futaies, pour ne rentrer qu'à la nuit. Les deux sylvains se préoccupaient de fabriquer du vin de mai. C'est une liqueur célébrée par les poètes allemands, et qu'on obtient en mêlant au vin blanc l'aspérule odorante, ou reine-des-bois. Il paraît que l'honorable notaire de Bourmont, qui accepta une coupe de cette liqueur forestière, en fut malade tout un jour.

Le récit est plein de grâce, mais quelques personnes regrettent qu'André Theuriet, qui goûte si voluptueusement les choses éphémères, et qui s'emploie avec tant de zèle à nous les faire connaître, ait négligé, elles ne disent pas de regarder, mais de recueillir les visions éternelles. Elles ne soupçonnent pas l'écrivain provincial d'avoir été insensible à ce qui fait la vertu la plus profonde et l'honneur de notre commun pays, mais elles déplorent que ce poète n'ait pas adressé à nos dieux quelques-unes de ses stances.

Ah! que ce reproche trahit une méconnaissance de la vraie pitié! Honorer nos divinités locales, ce n'est pas les nommer par leurs noms, c'est avoir des sentiments qui s'accordent avec leur esprit. Des poésies comme cette chan-

son du charbonnier, que vous venez
de nous faire valoir, Monsieur, donnent
une expression parfaite au rêve profond,
à la part essentielle et primitive des
âmes villageoises. Elles nous font par-
ticiper à la communion des hommes
et de la terre. Si Theuriet n'a pas salué
expressément nos divinités topiques, il
a reconnu leur pouvoir. Il ne nous a
pas montré les dieux, mais il nous a
fait voir les mortels dont ils façonnent
les destins.

Il n'entrait pas dans son programme
de nous conduire sur les sommets.
Délibérément, il s'est mis au niveau des
personnages un peu terre à terre qu'il
nous peignait. Il s'est occupé à les nour-
rir et à les marier, sans excès d'anima-
lité ni de spiritualité. Est-ce à dire qu'il
se prive de voir ce qu'il y a d'auguste

et d'éternel dans l'être le plus humble ? Nullement. Le prix de son œuvre, c'est qu'elle étale devant nous, sans maquillage, des vies médiocres, des esprits étroits et sans culture, des intérieurs où toute personnalité un peu forte serait au supplice, et qu'en même temps elle mène notre regard au fond de consciences où couve obscurément la flamme des grandes vertus du passé.

Pour en juger, accompagnons André Theuriet. Nous sommes allés avec vous, Monsieur, dans les royaumes scintillants de Bohème, souffrez maintenant que nous entrions dans les petites villes où règne son talent.

Des personnes très distinguées croiront que c'est pénétrer au milieu des ombres. M. Taine, dans sa jeunesse, pour s'entraîner à l'acceptation d'une modeste vie de professeur, avait coutume de se répéter qu'une morue contient quatre millions d'œufs, sur lequel deux cents à peine arrivent à l'état d'adultes. D'après ce calcul il en resterait trois millions, neuf cent-quatre-vingt-dix-neuf mille huit cents autres, ceux-là même dont M. Theuriet s'est fait l'historiographe. Ne sourions pas et surtout gardons-nous de prendre avec un thermomètre parisien la température de ces organismes un peu inertes. Sommes-nous sûrs qu'en décidant de vivre comme eux on ne se fixerait pas à la décision la plus honorable et la plus raisonnable?... Approchons-nous de la petite ville.

Depuis des siècles, elle est assise sur son coteau, toujours pareille à elle-même, sauf peut-être que son rempart, qui ne fut jamais bien solide, s'est transformé en jardins où elle met tout son plaisir. Chaque jour, les heures uniformes y ramènent les mêmes soins un peu ternes. Ce pas que l'on entend dans la rue, c'est un tel, qui va à son métier, à la chasse, à la pêche; ce piétinement d'une foule, c'est tel autre que l'on porte au cimetière. Je le sais, sans avoir besoin de me pencher à ma fenêtre. L'existence ici se déroule comme une chanson, où les mêmes couplets reviennent sans cesse, encadrés d'un refrain monotone.

Sur quoi roule depuis des siècles la chanson de la petite ville? Elle répète éternellement trois, quatre idées de religion, d'autorité, de mariage, d'épargne et d'héritage. Elle chante obstinément la règle.

Sans doute, cette règle, les gens de la petite ville, à l'usage, la vulgarisent. Ils en font un peu les maximes de la petite sagesse; ils ne la manifestent pas d'une façon fulgurante, mais enfin ils la maintiennent. Leurs vieilles maisons de famille sont des enclos où se conservent toutes les idées sur lesquelles la société française a vécu. Ici le cœur est plus lent d'un degré, mais c'est un cœur immortel.

Quelle vue prosaïque et bonne pour des gens affamés de divertissements vulgaires d'insister sur la médiocrité de la vie de province! Il faut la juger par les faits. C'est entendu, ces petits bourgeois ne tirent pas d'eux-mêmes tout le service qu'ils pourraient rendre; ils n'atteignent pas tous les objets auxquels un homme peut aspirer. Mais ils forment une pépinière où le beau germe primitif se transmet de génération en génération. Vienne une circonstance, l'individu est prêt. Les chanoines de La Motte avaient la qualité moyenne de nos curés doyens. Ils ont été des héros. Je vénère quelque chose de sacré dans cette monotonie, cette insignifiance, cette petitesse. Tout cela prépare d'une manière très humble et très insensible les plus magnifiques récoltes. Combien il a fallu de vieilles grand'mères loquaces pour que Victor Hugo fût si magnifiquement bavard ! N'avez-vous pas l'impression qu'il existe des liens étroits entre le génie d'un Racine ou d'un Corneille et les règles auxquelles s'assujettit encore notre province ? Ces grands hommes se tiennent à leur place. Ils écrivent des tragédies parce que cela les amuse, mais ils ne s'imaginent pas qu'ils vont changer le cours des étoiles. Leur travail est patient, volontaire, économique. Ils ambitionnent d'être les premiers dans leur ordre, mais ils distinguent plusieurs ordres. Et ce même discernement, quand ils l'appliquent dans leur besogne, les empêche de s'abuser avec des mots et de se perdre dans les nuées.

Ah! que nous voilà loin, Monsieur, de la chanson tzigane! Nous avons été entraînés par le contraste que votre génie présente avec celui de votre prédécesseur. La bonne fortune qui me permet de vous faire le compliment de bienvenue m'a amené tout naturellement à examiner deux manières extrêmes d'envisager l'art et la vie. Je me félicite d'avoir eu à célébrer tour à

tour, en une même journée, le charme
de la fantaisie et puis la paisible beauté
de la littérature provinciale.

Le prince des nomades succède au
favori des Muses sédentaires, le dra-
peau de la Cour des Miracles vient se
ranger auprès de la bannière de nos
sociétés locales; celui qui a réagi contre
son milieu, jusqu'à se réclamer d'une
race de parias, prononce avec magnifi-
cence l'éloge de celui qui fut, en même
temps qu'un poète, le modèle de nos
fonctionnaires.

Ce jeu, qui est bien dans les tradi-
tions de l'Académie, a posé une fois de
plus, devant nous, le grand problème
qui touche la conscience de l'artiste:
Où trouver la perfection? Où nous
affermir? Est-ce dans la règle, ou bien
dans l'indépendance? dans les aspira-

tions sans limites, ou bien dans la sou-
mission aux réalités bornées qui nous
entourent? La règle toute seule et
défendue avec superstition mène droit
au formalisme stérile; l'indépendance
cultivée pour elle-même, c'est la con-
fusion, le caprice, l'incohérence! Heureux celui qui parvient à conquérir son
équilibre entre ces tendances ennemies,
qui, sans paralyser aucune de ses puissances de désir et sans rien négliger de
ses réserves héréditaires, ne fait qu'une
seule âme des deux âmes qui nous sol-
licitent tour à tour, une seule âme, à
la fois audacieuse et disciplinée.

Paris. — Typ. PH. RENOUARD, 19, rue des Saints-Pères. — 1977

ŒUVRES DE MAURICE BARRÈS

COLLECTION A 3 FR. 50

L'Ennemi des Lois . . . .   1 vol.
Du Sang, de la Volupté et de la Mort. Nouvelle
    édition de 1903, revue et augmentée . . . . . .   1 vol.
Un Amateur d'Ames. Illustrations de L. Dunki,
    gravées sur bois . . . .   1 vol.
Amori et Dolori sacrum (La Mort de Venise) . . . .   1 vol.
Les Amitiés françaises . . . .   1 vol.
Le Voyage de Sparte . . . .   1 vol.
Scènes et doctrines du Nationalisme . . . . . .   1 vol.

LE CULTE DU MOI

* Sous l'œil des Barbares. Nouvelle édition aug-
    mentée d'un examen des trois idéologies. . . .   1 vol.
** Un homme libre. Nouvelle édition, avec la pré-
    face de 1905 . . . .   1 vol.
*** Le Jardin de Bérénice . . . .   1 vol.

LE ROMAN DE L'ÉNERGIE NATIONALE :

* Les Déracinés . . . .   1 vol.
** L'Appel au Soldat . . . .   1 vol.
*** Leurs Figures . . . .   1 vol.

LES BASTIONS DE L'EST :

* Au Service de l'Allemagne . . . .   1 vol.
** Colette Baudoche. Histoire d'une jeune fille de
    Metz . . . .   1 vol.

BROCHURES

Huit jours chez M. Renan. Une brochure in-32 . .   1 fr.
Trois Stations de Psychothérapie. Une brochure
    in-32 . . . .   1 fr.
Toute licence sauf contre l'Amour. Une brochure
    in-32 . . . .   1 fr.
Le Culte du Moi. Tirage spécial de la préface *Sous
    l'œil des Barbares*. Une brochure in-18 jésus .   1 fr.
Discours de réception à l'Académie française.
    Une brochure in-18 jésus . . . .   1 fr.
Discours pour la réception de M. Jean Richepin
    à l'Académie française. Une broch. in-18 jésus   1 fr.
Stanislas de Guaita. Une brochure in-8 (*Epuisé*).
Contre les Ouvriers étrangers (1893. *Epuisé*).
Assainissement et Fédéralisme. Discours pro-
    noncé à Bordeaux le 28 juin 1895 (*Epuisé*).
La Terre et les Morts : *Sur quelles réalités fonder
    la Conscience française* (1899, *Epuisé*).
L'Alsace et la Lorraine (*Epuisé*).

Une journée parlementaire, comédie de mœurs
    en trois actes . . . .   2 fr.

www.ingramcontent.com/pod-product-compliance
Lightning Source LLC
Chambersburg PA
CBHW061230030726
47595CB00004B/1465